法老像保衛戰

阿格涅希卡・斯德爾瑪什克 (Agnieszka Stelmaszyk)——著

胡伯特・格拉伊查克 (Hubert Grajczak)——繪

鄭凱庭——譯

松鼠偵探 **2**

埃及行前指南

　　不論是看書、看電視、看電影或是看什麼，只要是有情節讓人期待的內容，最怕的就是有人多嘴洩漏，也就是所謂的「爆雷」。對我來說，我最生氣的一次是走在路上，經過的大大小小廣告牆跟跑馬燈上，都不停地閃爍著幾個字「在這一集之中，天狼星死掉了」。害我接下來在閱讀的時候，只是一直一直在猜測他是什麼時候、在哪裡，又是怎麼死的。

　　所以，己所不欲勿施於人，為了寫推薦跟導讀不爆雷，再加上通常出版社在書籍簡介中已經放上大略的介

紹，我都會找看起來不太相關，但其實都是從看稿子的過程中想到的事情來寫。這次，由於松鼠阿德牠們是出國辦案，那我們就來說說出國須知。

　　為了出國旅行，不，是接案子，松鼠阿德、刺蝟小克、野豬凡凡開始打包。阿德在背包裡面裝了堅果、媽媽給的乾香菇和美味的根莖類。凡凡的大袋子讓行李箱爆開，滿地滾來滾去的是非常多的橡實。小克「只」帶了一紙袋的美味蟲子。在出發之前，凡凡還肚子痛，牠們的「監護人」亞佳女士判斷那應該是由於有點害怕第

一次出國，甚至是第一次離開自己的城市而產生的「旅行焦慮」。於是在送機的計程車抵達之前，偵探們還得先去廁所……。

　　雖然接下來作者就描述了他們從登機到抵達目的地，以及之後所有該發生或是出乎意料的事情，可是，作者省略的，卻正好是我要說的。聰明的你，有沒有發現三位動物偵探帶的行李，其實都沒辦法跟牠們一起進到飛機裡面呢？

保育類動物及其產製品就不用說了，光是一般的生鮮蔬果及肉類產品、就連觀葉植物或其他植物、種子，或是由植物原料製成的加工食品、帶土的物品、有土壤黏附風險的農機具等也通通不准出境，更何況入境。植物檢疫是為了防止病蟲害的入侵與蔓延，動物檢疫更是。大家在過去幾年的疫情期間應該都已經多少有了體驗對吧。所以，假如要出國，但又很想帶著某些自己心愛的食物或用品，就先查查看吧。否則到了機場被沒收，不是既傷心又傷財，而且還可能違法嗎？

　　看松鼠偵探學動植物檢疫，果然開卷有益啊。

台灣推理作家協會理事

張東君

目錄

 8

歡迎來到月亮公園！

如果你們已經認識大名鼎鼎的松鼠阿德，那你們肯定知道怎麼前往他的事務所。若是第一次造訪月亮公園，想要來一場不平凡的冒險，那就看看地圖，照著指標走，這樣就能抵達公園街六號，一棟有著紅色屋頂的小屋。那裡有個門牌寫著「私家偵探，松鼠阿德」。

阿德的事務所就在這裡。他通常很忙碌，
總是騎著滑板車匆忙地去某個地方。不過，故
事開始的那天，他把滑板車留在辦公室裡，而
門上掛著木牌：

> 事務所關閉中，
> 營業時間另行通知

別以為松鼠阿德結束了他的偵探生涯。喔
不！正好相反——他有越來越多事情要做。他
有兩個可靠的夥伴——刺蝟小克和野豬凡凡，
幫助他一起破解謎團。

重要的亞佳女士也常為偵探們指點迷津。

想更認識故事主角的話，歡迎看看他們的
介紹！

領衝主演　松鼠 阿德

他是個孜孜不倦的祕密追蹤者、冒險家，也是未解之謎的剋星。他健壯、靈活，是與生俱來的雜耍員，還是滑板車大師。他喜歡解難題，有出色的計算能力，而且記憶力絕佳。他記得所有藏美食的地方！

他喜歡讀從公園圖書館借來的偵探小說，正是這些書讓他開始了偵探生涯。

白天時，他昏昏欲睡又心不在焉，沉浸在自己的世界裡做夢。但是一到晚上，其他人在睡覺時，他跟蹤、調查、潛入、破解騙局與強盜案的能力可是無人可及。他還在閒暇時撰寫恐怖小說《黑暗森林的祕密》。其他的刺蝟都嘲笑他對文學的熱情，但是他一點也不在意。

刺蝟
小克

野豬
凡凡

　　工作時，他通常會喬裝，因為人們看到他的時候都很驚慌。他生性樂觀，喜歡橡實和令人愉悅的驚喜。好心情總是離不開他。他聰明又勇敢，必要時會為弱小挺身而出，是個體貼的大個子。他夢想成為演員，經常參加試鏡，但是目前還沒有成功……

既然該知道的都已經知道了，現在也該認識新案件的背景了。如果你們正好在月亮公園，那麼在這個故事開始時，你們肯定會注意到公園街六號的小屋裡有不尋常的騷動。還會看到門檻上放著行李箱。

好奇阿德要上哪兒去？繼續看下去吧！

三……二……一……

開始！

第1章
阿德期待異國的案件

這天，松鼠阿德興奮的沒辦法靜下來。他很早就起床，吃了豐盛的早餐，然後打包了一些點心。他把堅果、媽媽給的乾香菇和美味的根莖類裝進盒子裡；再把打包好的糧食裝進他最喜歡的麻背包，這樣長途旅行時就可以隨時取用。

當他準備得差不多時，另外兩位偵探出現在事務所裡。小克和凡凡也準備了一些好吃的，要在旅途中享受。

17

「**哎唷喂呀**！」這些東西我們要塞哪？！」亞佳女士看到後驚呼，這麼大一袋東西，都快把凡凡給遮住了。

野豬用滑板車把包裹從森林裡運出來，氣喘吁吁的放在事務所中央。

「我不知道他們在埃及都吃什麼。東西可能不好吃，我可不能在那裡餓肚子！」凡凡發出聲明。

「我們肯定不會餓死的。」亞佳女士安撫，她也要和三位偵探一起去探險。

她為大家準備了特別的行李箱，但是凡凡的那袋東西怎麼也塞不進去。

「你必須要放棄一些東西。」亞佳女士堅決的說。

「不可能！」凡凡回答，「沒有食物我就不去！」他吼吼的叫，接著把食物袋子丟進最大的行李箱內。

　　結果箱子滿到關不上，因此野豬就在箱子上跳啊跳的。橡實一個接著一個掉出袋子，在地上滾來滾去。

　　凡凡費了好大的力氣才把行李箱關上，為了確保沒問題，他還在上面坐了一下。

　　「看吧！」凡凡滿足的吼了一聲，「我們現在可以出發了！」他興奮的呼喊。

　　小克嘆了口氣，翻了翻眼球。還好他不像凡凡一樣挑剔，他只帶了一紙袋的美味蟲子，要放進背包完全沒有問題。

　　此時，亞佳女士用眼神確認好一切，接著在長長的清單上打勾。

　　「我們再檢查一次，是不是所有文件都帶上了。」她要求並提醒，「最重要的是護照和

機票！」

阿德再三確認自己沒有忘記帶什麼東西，他檢查了自己的手提行李，然後把行李箱拉到腳邊，確保不會忘記拿。

這是他的第一場海外冒險，所以他想要做好萬全的準備。尤其，他還不是去度假，而是去解開犯罪之謎！他等不及知道更多新案件的細節，並親自認識客戶——瑪努埃拉・舒爾茲女士。她付了整趟旅程的費用，並幫偵探們訂了高級飯店。

是的，這是個大挑戰，但也是個令人興奮的挑戰！

阿德的眼前冒出榮耀和讚賞的時候，亞佳女士正在講電話。

「計程車十五分鐘後就到。」掛上電話後，她通知偵探們，「車會停在站牌那邊，我們可以先過去了。」她說，但凡凡卻突然抱起了肚子。

「噢，哎唷！」他大聲呻吟。

「怎麼了？」亞佳女士安撫。

「我好像生病了，可能去不成了。」他眼中帶淚的說，「我的肚子好痛。」

亞佳女士關心的看著野豬，把手放在他的額頭上，看看他的舌頭，接著點了點頭。

「跟我想的一樣，這是『旅行焦慮』。」亞佳女士判斷。

「蛤？！」凡凡大喊，兩隻眼睛瞪得大大的，因為這個名字真的嚇到他了，「這很

嚴重嗎？」他害怕的問。

亞佳女士笑了笑，接著快速解釋：

「這是旅行者常出現的症狀。但是不用擔心，不是什麼嚴重的病。」她安撫的補充，「你大概是有點害怕這趟出行，所以感到不安和肚子痛。」她解釋。

「才不是，我才不害怕旅行！一點也不！」他強烈否認，但才過了一下子他便少了那份氣魄和精神，並坦承：「欸……我可能是有點怕啦……我從來沒有離開過我們的城市，更沒去過埃及！」

「我們真的要飛去非洲嗎？」小克焦急的輕聲問，好像現在才意識到這件事，「我要去廁所！」他也呻吟著抱起了肚子。

「計程車就要來了！」亞佳女士攤了攤手，不安的盯著手錶，「我們得走了，飛機可不會等我們。」

時間一分一秒過去，但是沒有其他選擇──勇敢的偵探們得先上廁所。等到真的來不及時，他們才慌亂又匆忙的離開事務所。

亞佳女士離開家前，檢查了第一百次水龍頭是否滴水，廚房的瓦斯是否關好。她確定一切都沒問題後便鎖上大門。

他們推著行李箱到公車站，計程車已經在那裡等著了。司機下了車，用驚訝的眼神打量客人，但他什麼話也沒說，只是把行李箱放進後車廂，然後坐回駕駛座上。

第2章
凡凡害怕搭飛機

　　亞佳女士坐在司機旁，凡凡擠上後座，阿德和小克則坐在他的兩側。雖然對凡凡來說不太容易，但乘客們全繫上了安全帶，接著往新的冒險前進。

　　去機場的路上，阿德都在座位上晃啊晃的，毛茸茸的尾巴搖來搖去。小克安靜的小睡了一下，因為他看不到窗外的景色，而凡凡則不時發出「吼、吼」的聲音為自己打氣。

　　抵達機場，亞佳女士付了計程車錢，他們四個往機場航廈走去。他們在這裡排起長長的

行李查驗隊伍，順利通過後便前往機場的另一側。他們找到登機門，坐在前面的等候區。亞佳女士坐在中間，以便掌控一切。她的左邊坐著阿德和小克，右邊坐著凡凡。

偵探們引來了其他旅客的目光，對他們指指點點。亞佳女士不滿的搖搖頭——畢竟用手指著別人很不禮貌。

不過，說句公道話，這些人都不知道他們眼前的可是世界知名的偵探呀！阿德、小克、凡凡這時也還不知道，不久後他們會變得家喻戶曉。不過我們先別劇透！

飛機起飛時間到了，乘客們開始登機。親切的空服員引導偵探們到自己的位子上。凡凡調整好掉下的假髮，並迅速擠過狹窄的走道：

他可不想在飛機上引起不必要的恐慌。當他發現自己的位子靠窗時，胃都要跳出喉嚨了，立刻就把位置讓給阿德。

「我有懼高症。」他戲劇性的低聲說。

「噢好，沒問題。」松鼠眨眨眼，他能理解朋友對空中飛行的恐懼。

因此，阿德坐了窗邊的位子，檢查窗上的遮光板，接著跳起來調整空調，彎腰看看座位下方，然後跳上椅背，在飛機內四處查看。最後他平靜的坐下。

小克和亞佳女士就坐在阿德的前面，正開心的聊天。

登機時，飛機上有點小混亂，因為乘客們都忙著找自己的座位，脫下外套，把行李放上置物架。最後飛機終於準備好起飛。

　　小克才剛坐好，就闔上了雙眼，立刻進入夢鄉。阿德瀏覽埃及的旅遊書，而凡凡則帶著驚恐的表情，看飛機上的安全影片示範如何繫安全帶，若飛行中有無法預期的意外發生，應該怎麼做。有那麼一會兒，他慌張到甚至想要逃跑。然而他還是握緊拳頭，因為他覺得這樣的冒險機會很稀少，而且他也還來不及做任何決定，就突然感覺到飛機在震動。

　　飛機先在起飛跑道上緩慢移動了一會，後來又停住了更長一段時間。

　　「就這樣？我們已經到了嗎？」凡凡覺得很驚訝。他聽說搭飛機很快，但沒想到居然這麼快！

亞佳女士聽到凡凡的問題，轉過頭來微笑解釋：

「我們現在在等起飛許可。機長得到許可後，我們的旅程才開始。」

「**啊哈！**」凡凡回應的同時，飛機又再次移動，速度越來越快，野豬還沒反應過來，飛機就離開了地面。

凡凡用蹄抓住座椅扶手，緊閉眼睛。他覺得有股巨大的力量把他推向座位，頭還因此有點暈。

「野豬不是用來飛……飛……飛的！」他叫道。

「等一下你就會感覺好多的。」阿德安慰凡凡。

「一點也不，我的耳朵好痛。」野豬呼嚕嚕的叫了起來。

「吞幾口口水吧！」亞佳女士建議他。

這確實讓凡凡鬆了一口氣，飛機停止急速爬升後，野豬立刻就覺得好多了。

「呼！」他吐了大大的一口氣。

「你看，好漂亮喔！」阿德對窗外的景色驚嘆。

他們腳下的東西都變小了，車子看起來就像螞蟻，地面最後則是被雲朵遮住。松鼠著迷的看著，因為就算是在公園裡最高的樹上，甚至在黑暗森林裡，他都不可能這麼近距離欣賞雲朵。

飛機到達適當的高度之後，直直的往開羅前進。

安全帶燈號熄滅時，小克已縮成一團，在座位上小聲打呼著，睡著長長的午覺。

亞佳女士為了打發時間，閱讀起阿嘉莎‧克莉絲蒂的書，凡凡用亞佳女士的手機看卡通，松鼠則興致勃勃的翻閱與古埃及遺跡有關的雜誌。

他突然在某頁看到委託人瑪努埃拉‧舒爾

茲女士的照片。文章談到她對收藏的熱情，以及對埃及藝術品的喜愛。照片裡，她旁邊站著另一位女子，展示古代的雕塑。她穿著藍色洋裝，胸前點綴著一條項鍊。阿德認為她也是個收藏家，但他全部的注意力都集中在瑪努埃拉女士身上，希望能多知道一點關於她的事情。

　　當她邀請阿德去開羅時，她沒有確切說明究竟是什麼神祕的事件，但肯定是重要的事，畢竟她都把偵探從波蘭僱來了，還付了全部的旅費。

　　「我只能把希望寄託在你身上了！」她之前在視訊上這麼說過。

　　從那時起，阿德就迫不及待見到她本人。

第3章
偵探們住進開羅

　　飛機降落在開羅機場，偵探們下飛機進入到入境大廳。他們領好行李就走向出口，那裡應該要有人在等他們。他們茫然驚恐的四處張望了一陣子，最後，在五顏六色的人群中，阿德看到了一位有著濃密毛髮的男人，手裡拿著一大張紙，上面印著：

松鼠阿德

偵探跑向男人，微笑告訴他：

「你等的人就是我和我的朋友們！」

瑪努埃拉的司機向下看，眨了眨眼，接著把目光轉向凡凡，以及更下面的小克，最後表情呆滯的停在亞佳女士的臉上。

「咳⋯⋯」他清清喉嚨，想掩飾尷尬。

「你是來為我們接機的嗎？」亞佳女士根據之前收到的指示，再三確認。

「對，我是阿列克斯・民泰伊。」他自我介紹，「請往這邊走，我載你們去飯店。」他帶路往停車場去。

「哇，好熱啊！」離開冷氣房到人行道上後，凡凡躺在地上大聲呻吟，「我要

融化了！」他哀嚎著，而司機驚恐的看著他。

「噢，親愛的，你可不是奶油做的。」亞佳女士笑道。

「或許不是，但我就是這麼感覺。」野豬喘著氣。

不過，在第一波高溫衝擊後，他還是站了起來，整理好假髮，抖一抖身上的灰塵，踏著搖晃的步伐繼續前進。

阿德也擦了擦頭上的汗水，慶幸自己還沒換上冬天的毛皮。小克對埃及的太陽完全無所謂，他從背包裡拿出太陽眼鏡戴上，開心的吹著口哨。

抵達停車場時，阿德深深吸了一口氣，直到濃厚、新奇的異國氣味讓他頭暈目眩。他偉

大的埃及大冒險正式展開了！

這時，司機和凡凡把行李箱放進車廂，等所有人都就坐後，他們便前往飯店。

他們好奇的看著經過的街道、行人、商店和各種建築。一切都跟他們想像的好不一樣。小克閒暇時仍在寫書，他努力把所有畫面記在腦袋裡，以便之後寫進書中。

半個小時之後，他們停在一間不大，但相當雅緻的飯店前面，他們與阿列克斯先生道別，在櫃臺辦理入住手續後，拿到了房間的鑰匙。亞佳女士住一間，三位偵探住一間。他們走到自己的房間時發出了驚呼聲。

「**哇！**」凡凡吼了一聲，立刻倒上床，彈簧都碰到了他的背。

「咚！咚！」床鋪不祥的晃動著。

阿德也決定要測試自己的床，他開始在上面蹦蹦跳跳，彈到天花板那麼高。

小克害怕的看著朋友們，最後爬上了自己的床。他跳了幾下，一開始輕輕的，接著越跳越高，甚至還做了個小空翻，然後捲成一圈，舒服的躺在被子裡。

過了一會兒，他放鬆的打起盹，沒理會阿德和凡凡的嬉鬧，靜靜待著，直到敲門聲響起。嬉鬧聲傳到牆後的亞佳女士耳裡，她決定去看看偵探們到底在做什麼。

「你們安分點，別弄壞任何東西！」她看

著凹陷的枕頭和皺掉的毯子提醒他們：「我不想讓別人覺得你們粗魯又沒教養。」她皺著眉頭說。

凡凡玩到臉色都發紫了，雖然在他長滿濃密毛髮的臉頰上看不出來，但是他立刻就停止跳床。

　　亞佳女士笑了笑，善解人意的解釋在飯店該有的行為。小克一直到亞佳女士講完這些知識才醒過來，他打了個大呵欠，摸了摸肚子。

　　「我想吃點心。」他嘆了口氣，凡凡和阿德也覺得肚子很餓。

　　因此亞佳女士幫偵探們準備點心，她還宣布等一下他們就得去瑪努埃拉女士的家。她就住在距離飯店的不遠處，走路大概十分鐘。

　　旅程後休息完，也吃過點心後，他們前往瑪努埃拉女士的家。她的房子是有著平屋頂的大別墅。

　　亞佳女士按下電鈴，不一會兒一位身穿薄寬袍、頂著捲髮的女子就站在門前。

　　「**歡迎！**」她看到客人時高興的喊道。

第4章
瑪努埃拉女士
透露祕密

瑪努埃拉女士是個優雅的中年女子，有著一雙機靈的深色眼睛，圓圓的臉上帶著親切的笑容。

「太好了，你們來了。」她鬆了一口氣說：「我等不及見到你們了！希望你們的旅途很順利。很高興見到你本人，這跟視訊交談可不一樣！」女人轉向松鼠，松鼠如紳士般點點頭，伸出手打招呼。

瑪努埃拉女士小心的握住阿德的手，以免長爪劃傷自己，接著問候其他客人。「請進！我這就叫人送茶來！我們先討論幾件事，然後再一起吃晚餐。」她宣布完就踏著輕快的腳步帶領客人進到客廳。

阿德立刻就注意到房子裡有許多雕塑、畫作和其他藝術品，跟他在飛機上看的那本雜誌裡面的照片一樣。

「好像博物館。」小克小聲的對他說，這

麼多珍貴的物品令他感到驚訝。

抵達客廳後，女主人指引亞佳女士坐上舒服的扶手椅，並給了偵探們一張鋪著藍色布料的沙發。

凡凡不知道在這麼文雅的房子裡應該怎麼表現，所以他試著模仿亞佳女士。他坐上沙發，舒服的靠著，故作輕鬆的把腳翹起來。

過了一會，女管家端著托盤走進來，托盤上放著一個瓷茶壺。她把托盤放在茶几上，什麼也沒說就走了出去。瑪努埃拉女士把茶倒進茶杯，請客人們用點心。

凡凡想要表現得很優雅，但當他試圖抓住杯子的把手時，茶杯差點從他手上掉下來。茶水灑到了地毯上，野豬的臉上泛起紅暈。

「我真是笨手笨腳的。」他不好意思的嘆了口氣。

「沒關係的,請不要在意。」瑪努埃拉女士回應。

亞佳女士從包包裡拿出紙巾,幫忙凡凡擦去茶水。阿德因為有適合抓握的手,拿起茶杯要容易多了,但是茶水一沾上嘴,他就打了個顫,因為他一點也不喜歡這種芬芳的飲料。

「我可以要一杯水嗎?」他害羞的問。

「噢,抱歉,我竟然沒想到!」瑪努埃拉女士這才反應過來。

過了一會,女管家帶著一壺水和三個小碗走了進來。

「這就不一樣了。」凡凡滿意的咕噥,立

 46

刻灌下整碗水，發出咕嚕咕嚕的聲音，接著又再要了一碗。

當偵探們都滿足過後，阿德用爪子抓了抓下巴問道：

「我很好奇妳邀請我們來的目的。」

瑪努埃拉女士把杯子放回桌上，深深吸了一口氣，接著開始說：

「我把你們從地球另一邊找來，你們肯定覺得很奇怪，但是……」她環顧四周，好像想確定沒有人在偷聽。

「這件事很敏感……」她小聲說，一陣沉默後繼續：「我有個大麻煩，我從朋友那聽說你們時，就覺得只有你——阿德和你的朋友們可以幫助我。所以我才會找你們來。」

「埃及沒有其他偵探了嗎？」小克好奇的詢問。

「當然有，但是要怎麼說呢……」瑪努埃拉女士一邊猶豫著，一邊找著適合的理由，「我比較想和我的同胞一起解決這件事。」她眨了眨眼。「我就只是不想讓開羅的人知道這整件事。咳……」她尷尬的清了清喉嚨。

「妳就直說吧！」在這又長又沒重點的開場後，亞佳女士開口了。

「好的……就是……」瑪努埃拉女士深吸了一口氣，停下來尋找適當的字眼。「請原諒我，這件事實在太敏感了，我實在不知道該怎麼開始……」女人沉默了一下子，最後說出了自己的祕密。「我的朋友馬克思・里巴克把

一尊非常貴重的雕像交給了我。他要離開埃及一陣子，而他認為東西放在我這裡是最安全的做法，因為我的保險箱很安全。我當然是同意了，因為我也有不少藝術品，但問題是，那尊雕像不久前……失蹤了！」

「這麼突然？」阿德驚訝的問。

「沒錯。原本在保險箱裡的，現在卻不見了。」瑪努埃拉女士攤開手，繼續說，「更糟的是，馬克思不久後就要回來了，我完全不知道該怎麼跟他坦承，他那尊珍貴的雕像不見了，而且還是在我家不見的！」她以絕望的語氣結尾。

「這確實很困擾。」亞佳女士總結。

「你們想看看，這件事看起來會怎麼樣，

會像是我……噢！」瑪努埃拉女士用手摀住嘴巴，「會像是我偷的……」她低聲說。「真是太尷尬了！我會失去所有朋友的信任。我真的不知道該怎麼辦。」她絕望的嘆了口氣。

「妳報警了嗎？」阿德好奇。

「還沒。我想盡辦法不要走漏消息。我試過自己找雕像，甚至還自己調查了一下，但是我完全不擅長這種事。所以當我聽說你們的時候……」她轉向阿德，「我想你們肯定能在我朋友回來前找回雕像，而且不會讓消息曝光。求求你們了，幫我找回雕像，或是找出小偷也好！只有三天時間了！」

「時間很趕！」小克插話。

「我知道……」瑪努埃拉女士嘆了口氣，

「我浪費了大把時間自己調查，但是……我相信你們有辦法循線找出竊賊的。」

「嗯……」阿德嘀咕。

他接受委託的時候希望案件會簡單點，而現在等著他們的卻是困難的挑戰。他正想著該從哪裡著手調查時，亞佳女士問道：

「妳的那位朋友，馬克思先生，他把雕像放進銀行保險箱裡不是更好嗎？」

「如妳所說，那樣做應該更合理才是。同意收留雕像是我想得不夠周到，但是誰知道事情會變成這樣呢！我這裡從沒遭過小偷！」

阿德抓了抓耳朵。

這件事情有不尋常之處，但他還不知道是哪裡。

　　「可以告訴我們更多雕像的事嗎？」他的
語氣顯示他已經接下了挑戰，並且不惜一切也
要解開這個新謎團。不過，他需要更多資訊。
「妳有雕像的照片嗎？」他追問，因為他想知
道他要找的到底是什麼。

　　「當然有。我這就詳細說明！」瑪努埃拉
女士宣布，然後拿起放在圓桌上的手機。

第 5 章
阿德開始調查

阿德看著瑪努埃拉女士手機上的照片好一
陣子。那是一尊法老像——古埃及的統治者。
整個雕像由黃金與貴金屬包覆。

「這非常少見。」瑪努埃拉女士說。

「肯定非常珍貴。」阿德說。

「沒錯。」客戶點點頭。

「保險箱裡除了這尊像，
還有其他貴重物品嗎？」亞佳
女士問。

「還有一些珠寶跟錢。」

「也都被偷走了嗎？」小克對此好奇。

「只有雕像不見了。」瑪努埃拉女士嘆了一口氣。

「妳和馬克思先生認識多久了呢？」阿德問道。

「嗯……其實……」瑪努埃拉女士猶豫了一下，「請別介意，我也想說我們認識了很久，但其實我們不久前才認識，不過就幾個月前。但這也沒什麼，對吧？」

「目前沒有影響。」阿德安慰，雖然他和亞佳女士交換了個心照不宣的眼神。

「奇怪的是，就只有雕像從保險箱裡失蹤。」凡凡說。

「或許小偷來不及偷更多東西？」小克說

道。

「或是他就只想要某件物品。」阿德說。

瑪努埃拉女士吃驚的看著他。

「我不太明白你的意思？」

「就是說，小偷替某個收藏家行竊。」松鼠說。

「馬克思說，除了我們倆，沒有人知道這雕像的事，而且他希望就這樣下去。」

「嗯……為什麼他這麼在意有誰知道？」阿德覺得奇怪。

「我沒有多想。每個人也許都有自己的祕密。」瑪努埃拉女士回應。

「許多跡象指出，這尊雕像有著什麼祕密，這可能就是它不見的原因。或許妳應該跟

妳那位朋友聊一聊。」阿德建議。

「噢，想都不敢想！」瑪努埃拉女士大力反對，「我可以問看看，但也是之後的事，先找到雕像再說吧！要是他發現我辜負他的信任，覺得是我偷的話，我會羞愧死的……」

「我明白了。」阿德點點頭。

「我們得找出罪魁禍首！」凡凡嘀咕道。

「但是要怎麼找？」瑪努埃拉女士無力的攤開手。

「推理法。」阿德說，「請告訴我們雕像失蹤的細節，什麼時候發生的？」

「兩個星期前。」瑪努埃拉女士回答，「我一發現保險箱裡的雕像不見就開始找了。

但是就像我說的，一切都已經太晚了。我找不到，也猜不到是誰偷走的。」

「是什麼契機讓妳打開保險箱的？」亞佳女士追問。

「我想把鑽石耳環放進去。前一天我家有宴會，所以我戴了鑽石耳環。」

「等一下，所以之前耳環也放在保險箱裡？」阿德想確定。

「對，我把耳環和胸針一起拿出來。我竟然忘了說！」瑪努埃拉女士用手指了指額頭，開始詳細說明：「隔天宴會之後……我想把珠寶放回保險箱。就是那時發現雕像不見的。」

「那妳拿耳環和胸針時，雕像還在嗎？」松鼠問。

　　瑪努埃拉女士想了想，不確定的回答：

　　「我覺得在⋯⋯」

　　「妳肯定嗎？」阿德機警的追問。

　　「我那時注意力都在耳環上。」女人嘆了口氣，「但我覺得雕像應該還在。不然我應該會立刻注意到，就像隔天那樣。」

　　阿德開始在房裡踱步，最後他停了下來。

「我們這樣假設吧！」他對委託人說，「假設當時雕像還在保險箱裡，那很可能就是在宴會時被偷的。」他判斷，接著加上，「或是在宴會結束後不久被偷的，就在客人離開之後。宴會後妳做了什麼事？」他追問。

　　「我當時很累，把耳環放在床頭櫃上，等到第二天才放進保險箱。」

　　「有人和妳住在一起嗎？」阿德問，其他偵探則專注的聽著。

　　瑪努埃拉女士深吸了一口氣，開始列舉：

　　「我的管家亞妮娜，你們已經見過她了。清潔人員莎拉每個星期會來兩次。」

　　「妳認識她們多久時間了？」阿德打斷她的話。

「亞妮娜在我搬來埃及前就和我一起工作，她是跟我一起來的。」

「所以她知道保險箱的位置嗎？」松鼠認為謎團就要解開了，但是瑪努埃拉女士給的答案並不讓人滿意。

「當然了，她對這房子瞭若指掌，但是我完全信任她。她沒有偷東西的理由！」

「那莎拉呢？」小克問，「她也很容易接觸到保險箱。」他注意到這點。

「是的，我也這樣想過。」瑪努埃拉女士承認，「但我從來沒告訴過她保險箱的位置，你們要知道……」她小聲說，「保險箱藏在我房間一幅大畫像的後面。」

「啊……」阿德回應。

他認為這種藏貴重物品的方法並不少見，但他沒有說出口。不過他還是提出，莎拉畢竟在打掃時自己能找到。但是這次瑪努埃拉女士強烈反駁。

　　「我同意她可能找到保險箱，但是她才不會偷我的東西！她是個好孩子，更是個善良的員工。再說了，宴會那天她根本不在我家。」

　　「雕像也可能在那之前就不見了，對吧？」阿德提醒，「妳拿出耳環時，也不是百分之白確定雕像還在，不是嗎？」

　　「你這樣問起來……」瑪努埃拉女士猶豫，「……我確實有點不確定。」最後她面帶痛苦的承認。

第6章
阿德視察案發現場

　　雖然瑪努埃拉女士持反對意見，但阿德認為年輕的清潔工可能和珍貴的雕像神祕失蹤有關。因此他抓住這條線索。

　　「莎拉為妳工作了多久？」他問。

　　「嗯，幾個月前開始的。之前是她媽媽漢娜幫我打掃，但是最近她身體不舒服，為了不失去生計，她的女兒先代替她來。漢娜是個誠實的人！她替我工作了好幾年，我從來都沒有掉過東西！」瑪努埃拉女士強調。

　　「我可以替她擔保。我認為她也把女兒教

育的很好，我不相信莎拉是偷雕像的人。她有什麼理由這樣做？」她聳了聳肩。「她可以拿寶石、戒指、錢，但雕像對她有什麼用？」

「用來大撈一筆。」亞佳女士插話，「畢竟那可比隨便一枚戒指要值錢的多。」

瑪努埃拉女士無法置信的搖搖頭。

「不可能。」她再次否認，「要賣掉那尊雕像得有門路，可沒那麼簡單！保險箱裡有其他我不會這麼快就發現不見的貴重物品。說真的，幹麼要拿那尊雕像？」

「我們就是想知道這件事！」阿德說。

他覺得，瑪努埃拉女士替一個可能輕鬆策劃行竊的女孩辯解，這種的行為相當高尚。雇主這麼肯定員工的誠實相當少見──因此阿德

決定記下這點。

「莎拉可以在宴會中溜進屋裡。」凡凡下結論。

「不是不可能，但會有人注意到她的。」瑪努埃拉女士回答。

「她也可能在妳睡覺的時候行竊。」小克注意到。

瑪努埃拉女士搖搖頭。

「莎拉沒有鑰匙。」

「那就是有人放她進來。」阿德肯定，「管家？」

「我不這麼認為。」瑪努埃拉女士回應。

阿德在他的筆記本上做筆記，他思考了一下，接著提出事件的可能過程。

「莎拉悄悄在宴會時進入屋內，先躲在某處再偷雕像，然後在沒人注意時離開。」

　　瑪努埃拉女士立刻就點出這個理論不合理的地方。

　　「但是莎拉不知道保險箱的密碼！」

　　「這對時常打掃屋子的人不會是問題。」阿德對此提出異議，「她可能看過妳打開保險箱，並且記下密碼。」

　　「或是她錄下來了！」凡凡插話，他知道人類常常使用各種相機。

　　「沒錯！她可以安裝針孔攝影機，錄下一切。」阿德接著說。

　　「我還真沒想過。」瑪努埃拉女士的臉色蒼白。

「保險箱上有遭竊的痕跡嗎？比如說損壞？」亞佳女士接著問。

「什麼也沒有！這就是驚人之處，因為這個人破解了密碼！」瑪努埃拉女士宣布。

「或許是時候給我們看看作案現場了。」阿德說。

他擔心他的委託人有所保留。她一開始就承認自己沒天分解開謎題。

「當然了，請跟我來。」瑪努埃拉女士起身，帶大家進到臥室。

臥室很寬敞，有著大片窗戶，窗上掛著長長的窗簾。窗戶旁邊是附帶鏡子的白色梳妝臺和椅子。梳妝臺上有各種飾品、梳子、口紅和香水。

阿德把一切記在腦中，因為每個細節都有它的意義。接著，他把目光轉向房間其他的地方。房間中央有一張帶床架的大床，上面掛著蚊帳。其中一面牆邊是衣櫃和抽屜櫃。其他牆上掛了很多家庭照和畫作。松鼠想，其中一面牆後面就是保險箱。他正想發問的時候，突然注意到床下有個發光的小東西。為了不引起女主人的懷疑，他用尾巴遮住自己，伸出爪子把那東西勾過來。那是個用藍寶石做的小甲蟲。阿德不知道這跟整起案件有沒有關聯，但是為了以防萬一，他把甲蟲收進包包裡。

　　這時，瑪努埃拉女士走向一幅最不起眼的尼羅河景畫作，接著把它從釘子上拿下來。後面有個凹槽，裡面就是有密碼鎖的保險箱。

　　偵探們仔細觀察了保險箱的外觀和內部，但是沒有發現任何遭竊的線索。什麼也沒有。因此證實了懷疑——竊賊知道密碼。

　　至少已經肯定了這一點，剩下的就是找出竊賊。

「莎拉可能有共犯。」阿德想了很久之後說道。

　　「這個人也可能強迫她偷竊。」亞佳女士一針見血的補充。

　　阿德把手揹在背後，開始在臥室內踱步。

「對……」他嘟噥著，既不是對自己，也不是說給其他人聽，「既然小偷沒有偷鑽石和錢，而是只對這尊雕像有興趣，那他應該是很清楚雕像的位置。這也是不可否認的事實！所以這是計畫偷竊，這我們已經確定了。那尊雕像對小偷來說肯定很重要……」他總結自己的思緒。

然後又繼續說：

「我們回到妳的宴會。我們就純粹假設，雕像不是莎拉偷的。這樣的話，竊賊就會是其中一名受邀的賓客……」

「**不可能！**」瑪努埃拉女士強烈反對，「他們都是我的朋友……依薩‧克里姆查克、蒙哥馬利女士、湯姆‧魏斯、露西‧

哈爾……」她一一舉例。「啊！還有伊娃‧克蘭，以及我的好姐妹們：瑪格姐、薩拉和阿米娜。」她回顧道。「他們才不會偷偷碰我的保險箱！我們在這圈子裡常常見面。肯定是外人做的！」

「但這人能輕易的溜進臥室偷雕像。」亞佳女士提醒，「肯定有人會去上廁所……」

瑪努埃拉女士開始回想那天的情景。

「確實，客人們都在屋裡移動，這種場合都是這樣。」她承認，「不過大多時間我們都在花園裡，晚上時，因為天氣涼爽舒適，而且星光閃耀，我們去了屋頂的露臺。」

「所以你們原本在花園，後來去了露臺？」阿德覺得離謎底越來越近了。

「沒錯。」

「所以就有了更多可以偷雕像的機會。」松鼠點點頭。

「現在我明白了。」瑪努埃拉女士聳聳肩回應,「但會是誰呢?而且為什麼要偷?我不相信小偷在我的朋友之中!我就是沒辦法相信!」

「我們得和他們聊聊。請再辦個宴會邀請他們參加。這樣他們才不會覺得我們要向他們問話。我們會盡量謹慎行事。」阿德承諾。

「那我邀他們後天來喝下午茶。」瑪努埃拉女士決定。

「太好了,在那之前我們會好好瞭解那尊雕像。妳可以把照片傳到亞佳女士的手機

嗎？」阿德請求。

委託人什麼也沒說就照做了。亞佳女士在手機螢幕上放大照片，偵探們則探頭看了好長一段時間。

然後阿德轉向瑪努埃拉女士說道：

「今天就先這樣吧！我們先回飯店討論一些事，並準備接下來的調查。」

「我會打電話給朋友們，邀請他們來花園喝茶。」瑪努埃拉女士說。

偵探們向女主人告別，散步回飯店，他們在那可以自在的討論竊盜案。

阿德一直看著那尊古老雕像的照片。它身上有著難以捉摸的神祕感……

第7章
出現了另外一個謎題

　　亞佳女士在飯店大廳印了幾張失蹤雕像的照片，這樣每位偵探有需要時都可以看。接著他們四位坐在偵探房裡的桌子邊，開始討論。

　　「這些奇怪的標誌是什麼？」凡凡看著照片想。

　　「是聖書字。」阿德解釋，「這是古埃及的文字。」他是從雲朵之下圖書館借來的書上讀到的。

　　「沒錯。」亞佳女士附和，「這些正是聖書字。」

「這些字代表什麼意思呢？」凡凡對這些有趣的小字很感興趣。

「很可惜，我們沒辦法讀出來。」亞佳女士嘆氣。

正當偵探們陷入沉思，小克突然說：

「這樣的話，我們應該找個懂聖書字和古物的人。」

「小克，你說得對。」松鼠同意，「我們不能只依賴瑪努埃拉女士告訴我們的資訊。」

過去的經驗告訴阿德，不能完全信任自己的委託人。他需要真正的專家所提供的資訊。

亞佳女士想了一下，接著，她的臉上露出了燦爛的笑容。她想起了某件重要的事。

「我不久前在某本雜誌上看到，波蘭考古隊正在埃及工作。或許我們可以拜託他們提供諮詢？」

「亞佳女士，**妳真是太棒了！**」阿德開心的大叫。

偵探們在網路上搜尋波蘭學者的資訊，找到亞佳女士在書中讀到的考古隊工作的地方。資訊都有了，只需要跟考古隊的主管聯繫。這沒有這麼難，當天阿德就成功跟對方約好了。

　　亞佳女士決定要留在城內，除了盯著瑪努埃拉女士之外，也可以在附近進行調查。

　　同時，阿德、凡凡和小克出發去見考古學家們。

　　已經接近傍晚，但陽光還是很強烈。偵探們才剛踏上街，紀念品小販立刻就跑上前糾纏，大聲的介紹自己的產品。

　　「金字塔的鑰匙圈參考看看？算你優惠價！還是……」

「不用，謝謝！我們現在什麼也不想買！」阿德轉過頭，大力搖晃蓬鬆的尾巴。

他們四處張望尋找交通工具，因為他們把滑板車留在事務所了。最後他們看到了適合他們三個的完美交通工具。

阿德揮揮爪子，一位駕駛三輪車的男孩立刻上前。

他們告訴男孩地址以後就出發了。

考古隊在開羅的某個區內工作，離瑪努埃拉女士的家不遠。他們半個小時後就抵達了目的地。

學者們剛好結束工作。阿德走向一位高姚、有著黑髮的男人，問他瑪爾塔·莎夫蘭斯卡教授在不在。

考古學家指著站在帆布帳篷旁、頭戴防護帽，有著淺色頭髮的女人，她正在指揮另外一位工作人員。偵探們朝她的方向走去。

　　「妳好！請問是莎夫蘭斯卡教授嗎？」阿德詢問。

　　女人轉過頭，以驚訝的眼光看著到來的客人，眼中突然閃過一絲理解。

　　「就是你和我通電話的嗎？」她轉向阿德問，因為她認得他的聲音。

「對，是我打電話給妳的。」他說，「我們是偵探，剛好來埃及辦案。」

「有什麼我能幫忙的嗎？」莎夫蘭斯卡女士親切的問。

「有一尊像……」阿德開始解釋。

「什麼像？」

「是一尊小雕像。可能是古代文物，我們不確定真偽，但……」阿德不想透露太多，因此直接說明來歷：「上面有聖書字，但我們看不懂。或許妳能幫我們。」

「這樣啊，我試試看。」莎夫蘭斯卡女士回答。

「很抱歉，我們沒辦法帶實品來，但我們有照片……這樣可以嗎？」小克問。

「我不確定，我們來看看吧！」

阿德從包包裡拿出照片，交給考古學家。

莎夫蘭斯卡教授看到雕像的照片時愣了一下，接著張開嘴，看了看偵探們，又將目光移回照片上。

「怎麼可能！」她驚嘆的叫了出來。

阿德對她的反應感到驚訝。

「你們從哪拿到雕像的？照片是什麼時候照的？」女人格外激動的問，「這尊雕像在你們那嗎？」她嚴肅的看著偵探們。

「不、不、不是……」阿德趕忙回答。

「從實招來！」莎夫蘭斯卡教授唐突的要求阿德。

「我們說的就是實話！」阿德發誓，「這

尊雕像失蹤了。我們是被僱用來找回它的。」
他解釋。

「誰僱你們的？」學者盯著偵探們的眼光
越來越凶狠。

「我們的委託人，但我們不能告訴妳他的
名字。」阿德不讓步，他覺得莎夫蘭斯卡女士
的行為越來越奇怪。「妳知道這尊雕像？」

「**你們不知道？**」教授用銳利的
眼光掃過他們。

阿德搖了搖頭。

「所以我們才來找妳呀！」他說。

「你們說真的？不是在開我玩笑吧？要是
……」

「我們說的是真的！句句屬實！」凡凡拍

82

拍胸脯。

阿德迅速補充：「為了找回這失蹤的小雕
像，我們需要諮詢。我們覺得它應該很珍貴，
但不知道有多珍貴。」

莎夫蘭斯卡女士思考了許久後，答道：

「你們看起來不像在說謊。」她如此評
價，「所以，我就告訴你們一個祕密吧！這尊
雕像是從我尋找多年的陵墓出土的！」

第8章
阿德收到一封信

　　莎夫蘭斯卡女士的回答嚇到了阿德，因為他沒想過這案子會如此曲折。

　　「所以，妳找到了那座陵墓嗎？」他問。

　　「問題就在於，**我沒找到！**」

　　松鼠看著教授，完全搞不懂。

　　「那這尊雕像是從哪來的？妳確定它就是從那座陵墓出土的嗎？可是妳沒找到呀！」凡凡覺得奇怪。

　　「等等，所以說……」阿德開始思索，「有人早了妳一步？」

「看來是這樣沒錯。」莎夫蘭斯卡女士嘆了口氣，「這裡……」她指著橢圓形的裝飾條，「上面刻著法老王圖特摩斯二世的名字！所以這尊雕像應該是從他的陵墓來的！」

　　「但是妳說的是『應該』？」小克問。

　　「我沒辦法完全肯定，但直覺告訴我，它就是來自我在找的陵墓。線索表示陵墓在代爾埃爾巴哈里，就在著名的哈塞普蘇神廟附近，離這裡很遠。我不久後就曾回到那裡繼續搜索，所以你們必須告訴我，這張照片是誰拍的？還有這尊雕像在誰那裡？我得趕快跟那個人聊一聊！」莎夫蘭斯卡女士焦急的說道。

　　偵探們彼此交換了困惑的眼神。這件案子真是複雜。

　　阿德想，瑪努埃拉女士是否知道圖特摩斯二世像來自未尋獲的陵墓，是否知道自己惹上了多大的麻煩。

　　「照片上的雕像是我們委託人朋友的。」阿德小心的開始簡短說明，「她幫忙保管，但是不久之後，雕像就被偷了，我們的任務是找回雕像。」

　　「那我們可要保持聯絡！」莎夫蘭斯卡女士要求。

　　「當然了，這是我的名片。」阿德遞給她印著電話號碼的小卡。

　　松鼠在名片上寫上飯店地址和房號。

　　偵探們又問了莎夫蘭斯卡女士幾個未尋獲的圖特摩斯二世陵墓的問題之後才告別。

他們正打算回飯店時，一個拿著信封的小男孩朝他們跑來。阿德從小男孩手上接下信封，驚訝的讀出上面的名字。

偵探松鼠阿德

凡凡的眼睛瞪得老大，狐疑的盯著信件。

「嘿，小子，這封信是從哪來的？」小克叫住那男孩，但是他頭也不回的快速離開。不一會兒就完全消失在視線裡。

「誰寫的？」刺蝟問。

「我不知道。」阿德看著信封嘟囔，「沒寫寄件人，只寫了我的名字，連地址和郵票都沒有……」

「嗯……」凡凡呼嚕叫，同時小心環顧四

周。誰能在埃及找到他們？知道他們來埃及的人不多，而且知道他們要來見莎夫蘭斯卡女士的人又更少。誰會知道他們在這裡？

「裡面有什麼？」他接著問。

阿德打開信，小心的聞著信封，但是氣味沒有透露出任何祕密。

信封內有一張小紙條，上面有著奇怪的訊息：

別相信莎夫蘭斯卡教授！想解開雕像疑雲就去吉薩。我們在人面獅身像附近見。那裡沒人會注意到我們。請小心，你們可能不安全！

誠摯問候

PS.別告訴任何人，尤其是莎夫蘭斯卡教授，如果被別人知道，就不見面了。

阿德大聲讀完後，偵探們困惑的面面相覷。

「這是什麼意思？」小克眨了眨眼。

「我不知道。」松鼠嘆了口氣。

第9章
金字塔和無名氏二號

凡凡皺起眉頭。這案子真是不單純。

「有人在盯著我們。」他狐疑的看看四周說道，「而且他還知道我們和莎夫蘭斯卡女士見面。」

「那個人可能還偷聽了我們的對話。」小克小聲的說。

「我們為什麼不能相信莎夫蘭斯卡呢？」凡凡想。「我覺得她很可信呀！」

「話說回來，我們也不能不管這個無名氏。」阿德說，「我們應該去吉薩，看看對方

到底是誰。」

「你知道這有可能是一個陷阱吧？」小克警告。

「我知道，但我們會做好準備的。」阿德眨眨眼。

「吉薩到底在哪呀？那是什麼？」凡凡問，因為他不確定是否能走路去，還是那地方很遠。

「那是一座城市，離開羅只有幾公里遠。」阿德打開旅行書的地圖向朋友們解釋。「著名的金字塔就在那裡的岩石高地上。」

「啊哈！」野豬回答，他稍微信服了點。回到飯店後，偵探們把信給亞佳女士看，並告訴她雕像的事情。

「**太出人意料了！**」她驚訝的喊道。「要是雕像真的出自未尋獲的陵墓，那麼不是瑪努埃拉女士沒說出全部的事實，就是被捲入醜聞了！」

「我們該警告她嗎？」阿德露出不確定的表情提問。

亞佳女士想了想，說道：

「我們先聽看看這事件裡所有人的說法。以防萬一，我們也要留意瑪努埃拉女士。」

阿德點點頭。他先前處理的案件讓他學到了委託人可能各懷鬼胎。

「我們要非常小心。」亞佳女士用嚴肅的口吻警告，「以免自己也被懷疑上。」

「沒錯，我們得非常機靈和警覺！」凡凡狡猾的瞇起眼睛。

亞佳女士扶著額頭沉思。

「我甚至在想，我們是不是該退出，放棄這個案子……」她表達自己的擔憂。

「噢，不！」阿德喊道，「我們不會這麼輕易放棄的！」他猛的說，「不解決這個疑案我們就不離開！」

「那我們得制定好計畫。」亞佳女士折衷提議。

偵探們開始腦力激盪，他們決定讓亞佳女士留在開羅，偵探們則去和無名氏碰面。

「有人得看著瑪努埃拉女士。」阿德在亞佳女士反對這個意見時建議。「或許有人想要我們在宴會前離開，因為我們想跟所有證人問話。」他爭辯。

「有道理，有人明顯想把我們從這裡弄走。這裡可能會有事情發生。」亞佳女士深思熟慮後說道。

第二天一早，三位偵探坐上搖搖晃晃的公車前往吉薩。車上又擠又悶，但主角們的心情都很好。

　　「這是什麼？蟻窩嗎？」凡凡第一次看到地平線上朦朧的三角錐覺得新奇。

　　「那就是金字塔！」阿德非常興奮的說，「你們看！」他指了指旅遊摺頁上的照片給朋友看。

　　十幾分鐘後，偵探們離開悶熱的公車，踏著悠悠的步伐，走向彷彿從沙漠中長出來的壯觀古建築。

　　「哇！好大哦！」小克抬起頭，驚嘆的說。

「它們非常老喔！」阿德解釋，「是幾千年前建造的。」

　　「他們怎麼辦到的啊？」凡凡嘀咕，「拖這麼多石頭來蓋這種石堆，要是我是小偷……」他幻想著各種美食景象。

　　「人們有時候真的很奇怪。」小克聳聳肩評論。

　　「你說得沒錯。」野豬嘟囔。

　　「兄弟們！」阿德把朋友們叫回來，「我們專注在該做的事上吧！他以爪子擋陽光，環顧四周。

　　「沒錯的話，這尊大雕像就是人面獅身像了。」松鼠指著壯觀的雕像，上面是石灰岩雕出的獅子身體與人頭。

　　凡凡和小克對照眼前的東西和旅遊書上的照片。

「對，這就是人面獅身。」小克贊同，「現在開始我們得非常小心。寫信的人可能已經在觀察我們了。」

　　「離見面還有一點時間。」凡凡注意到。

　　阿德瞄了一眼亞佳女士送他的手錶。

　　「我們還有十五分鐘。我覺得那個人已經到了，而且正看著我們。」

　　「這裡人好多。」小克插話，「我們甚至不知道那個人長什麼樣子。」

　　「他在偷看我們！」凡凡警告。

　　阿德的目光跟上野豬。

　　「那只是隻駱駝。」松鼠大笑。

　　「那又怎麼樣？」凡凡感覺被冒犯，「你怎麼知道想跟我們見面的是個人，而不是隻駱

駝咧？」

「人才會寫字。」阿德糾正他。

「好，但是我們也都不是人呀！」凡凡意有所指的點點頭。

「你是說那個寫信的無名氏可能像我們一樣？」阿德瞪大眼睛。

「為什麼不可能？」凡凡堅持，「我們能讀也能寫。」

「哈！有道理，那個人懂我們的語言。」小克接話。

「就像考古團隊一樣。這是一條重要的線索呢，小克。」阿德說完後，認真思考了一下，有沒有可能凡凡說得對。

「嘿，我在叫你！你會說波蘭文嗎？」以防萬一，他叫了叫一直用無聊的眼神盯著他們的駱駝。

然而駱駝動也不動。

「不是他。」阿德確認，「我們再找找看。」

偵探們往人面獅身像移動，並站在這偉大的建築前面不遠處。他們焦急又好奇的四處尋找約他們見面的人。遊客越來越多，他們很難把每個人都看過。因此當有人撞到阿德時，他跳起來快速轉過身，可是看到的也只是拍照的人潮。但他旁邊出現了一個信封。

阿德拿起來，上面寫著他的名字。

又一個無名氏？

第10章
阿德尋找失蹤的雕像

你們在找的雕像就在古夫
金字塔裡。

跟著箭頭走到國王房。謎
底就在十字記號處。

誠摯問候

這就是阿德收到的訊息。上面還畫了金字
塔的透視圖。

「嗯……好奇怪喔!」松鼠讀完信後,小
克說道,「有人想牽著我們的鼻子走。」他嘟
噥。

「對呀⋯⋯」阿德喃喃的說。

「為什麼那個『誠摯』的人不自己帶我們去？」凡凡懷疑的問，「他可以在這裡把雕像交給我們⋯⋯為什麼要我們自己去找？」

「可能他不能露面？」阿德猜想，「既然我們都來了，就跟著地圖去看看吧！但我們要非常小心！」他下令。

偵探們買了門票，跟著箭頭的指引前進。當他們站在金字塔入口前時，小克的疑惑更深了。怎麼會有人把昂貴的雕像藏在這麼多人來的地方？

「有時候藏在顯眼的地方是最好的辦法。」阿德解釋。「這裡遊客這麼多，我們應該不會有事。」他安慰道。

因此，偵探們走進金字塔。

凡凡頻頻喘氣，因為裡面太悶了。他們照著地圖的標記前進，最後走上一條又窄又長的樓梯。他們互相幫助，奮力向上爬到頂端。

他們仔細觀察周圍，但是沒有看到失蹤的雕像。

「然後呢？」小克問。

阿德把地圖轉了一圈。

「箭頭要我們走這！直搗國王房。」他指著地圖上的一個點。

「還很遠嗎？」凡凡呻吟道，用手帕擦了擦滿是汗水的額頭，「那個『誠摯』的人就不能把雕像藏在近一點的地方嗎？」

「我們也不確定他是不是真的藏在那邊。

或許他只是在那等著傳遞下一個訊息。」小克回應。

「哎唷……」凡凡呻吟。

夥伴們稍微喘口氣後繼續前進，直到他們發現遊客都不見了。他們以為自己脫隊了，過了一會才發現，整個金字塔裡就只剩下他們。

「大家都去哪了？」小克覺得疑惑。不過他覺得這樣也好，因為這樣就沒人干擾他們搜尋了。

根據地圖指示，他們離目的地還有幾步路，這時，突然有奇怪的雜音傳來，幾秒鐘後變成了巨大的轟隆聲。

「是什麼聲音？」凡凡感到不安，但答案馬上就揭曉了。

一塊巨石朝著他們滾來！

「**小心！**」阿德大喊，反射性的跳到
天花板上石塊雕刻的突出架子。

但是小克和凡凡可不像松鼠這麼靈活。

因此阿德把背包垂下，讓凡凡緊緊抓住。
刺蝟緊攀在野豬的尾巴上，而松鼠繃緊肌肉並
咬緊牙關，竭力拉住手上的背包。

巨石滾過凡凡的爪子，那時阿德咬牙切齒
的吐出：「我……不……行……了！」

在絕望的喊叫後，隨之而來的是巨響：

蹦！啪！

阿德撐不住而鬆開了爪子，凡凡、小克和
背包一塊摔到地上。

「哎唷喂呀！」小克的刺扎進凡凡的屁

股，他哀嚎著。

「拍謝啦！」刺蝟趕緊收起身上的刺。

「呼！幸好沒事！」阿德邊喘氣邊跳到地上。

「他們應該退我們門票錢，這座建築都要崩了！」凡凡揉著屁股發牢騷。

「金字塔有幾十年歷史。」阿德提醒人家，「會崩掉也是很正常的。」

「我可不確定那不是人為的……」小克舉起爪了說。

「你的意思是？」阿德問。

　　「那塊石頭不是意外掉下來的……」刺蝟點點頭。

　　「你是說有人想讓我們……」凡凡甚至還沒把話說完。

　　「糟糕……」他目瞪口呆的嘟囔。

第11章
致命的危險

　　經歷了金字塔裡的一切後，偵探們發現手上這樁案子藏著致命的危險。

　　「我們最好趕快回飯店。」小克提議，「這是陷阱，這裡才沒有什麼雕像。」

　　「你說得對，我們快點回去吧。」阿德表示同意。

　　因此，他們向金字塔的山口移動，一路上都一直回頭看後面。當他們走到大走廊時，突然聽見令人不安的沙沙聲。

　　阿德停下腳步，豎起耳朵仔細聆聽。

「是什麼東西?」他仔細看看四周。

「噢,不!」凡凡驚叫,「是蠍子!」

阿德瞇起眼睛,在半黑暗中看著移動中的奇怪生物。

「到處都是!」小克呻吟,「從那個袋子裡來的!」他用爪子指了指。

刺蝟說得對。在黑暗的凹槽內，有一個偵探們稍早沒注意到的袋子。蠍子就是從那裡爬出來的。

　　「我的腳！」阿德尖叫。

　　夥伴們往出口衝，被顛簸的路和臺階絆的踉踉蹌蹌。但是蠍子越來越接近！其中一隻用鉗子夾住阿德的尾巴，但松鼠向前猛一跳，把危險生物甩在後頭。

　　偵探們跑到外面後完全沒停下來，反而瘋狂的繼續向前跑，想要離金字塔越遠越好。他們在人面獅身像附近停下。

　　「是誰這麼討厭我們啊？」小克氣喘吁吁的說。

　　「應該不只是討厭吧！」凡凡回話，「那

些蠍子是哪來的？」

「既然是從袋子裡爬出來的，那肯定是有人事先放進去的。」阿德猜想。

「我們回飯店吧。今天的冒險也夠了。」凡凡說，「這是件非常可疑的案子！」

「你說得對，既然這個人什麼都做得出來，那這件案子牽扯的範圍應該很大。」阿德嘆氣。突然，他好像想起了什麼，渾身顫抖著說：「我們得警告亞佳女士！或許她也有生命危險！」

「對耶，而且她還自己一個人！」小克拍了拍額頭。

因此，夥伴們跑向開往開羅市區的公車站。他們買了票，踏上回程的路。

當疲憊的旅人們走進飯店時，亞佳女士正焦急的等著他們。她一看到偵探們便驚訝的叫道：

「**你們怎麼了？！**怎麼會這個樣子？！」

阿德瞥了一眼掛在浴室門邊的鏡子。

亞佳女士會這麼吃驚也不為過。偵探們從頭到腳都是灰塵，松鼠的尾巴亂七八糟，野貓的鼻子髒兮兮，而小克的針刺間還夾著碎片。

「沒事的，亞佳女士！」阿德快速安撫，「我們只是遇上了一點麻煩事！」他咧嘴笑。

「噢！你們一定要一五一十的告訴我。」她說，「但你們先去把自己打理好，我來幫你

們叫一些吃的。」

當凡凡淋浴時高歌的片段（走音走的亂
七八糟）傳出，亞佳女士叫了飲料到房間來，
並準備好點心。

二十分鐘後，偵探們梳洗整齊，穿著雪白
的浴袍，腳上踏著柔軟的拖鞋坐在露臺上。

他們喝下裝飾著小紙傘的水，吃著堅果和
橡實，小克則吃著美味的蚯蚓義大利麵。

他們吃得津津有味，耳朵都跟著顫動。飽餐一頓後，他們開始報告事件的進展，而亞佳女士專心的聽著，每隔一陣子就發出「啊！噢！天啊！」等各種驚嘆聲。

　　「簡直難以相信！你們真是勇敢！」她稱讚偵探們。

　　「不過，我們的冒險並沒有讓我們離解決謎團更近一步。」阿德嘆氣。

　　「我可不這麼認為。」亞佳女士回應。

　　「可是我們沒有成功找到雕像或是竊賊呀。」阿德張開爪子。

　　「哦，不是的，正好相反！」亞佳女士的看法不同，「我們肯定離竊賊很近，不然他怎麼會想阻止我們調查呢？他會這麼做，顯然是

已經無計可施了。」

　　阿德想了一下，接著說：

　　「妳說得對。竊賊肯定知道我們，也就是說，他在觀察我們。所以，他就在附近，就在我們身邊，只是我們沒看到他……」

　　「你認為是瑪努埃拉女士想出這大陰謀，自己策劃一切的嗎？」小克問。

　　「那她為什麼要請我們來？還負擔我們一切費用？」凡凡覺得疑惑。

　　「或許她有其他目的。」阿德嘟囔，「而我們給了她不在場證明。」

　　「我沒想過這招。」凡凡承認。

　　松鼠嘆了口氣說：「經過上次的案子，我們也學聰明了。我們得把瑪努埃拉女士列為嫌

疑人。」

　「這樣好像太簡單了。」亞佳女士半對自己，半對偵探們說。

　似乎是為了印證她的話，此時敲門聲響起，不久後，整件事情變得又更複雜了。

第12章
花園聚會進行時

阿德打開門時，驚訝的愣住。因為站在他面前的人，是瑪爾塔‧莎夫蘭斯卡教授。

「你好！我們可以聊聊嗎？」她以嚴肅的表情問。

「當然了，請進。」阿德退到旁邊讓考古學家進房。

他向客人介紹了亞佳女士，接著向來客指了指扶手椅。

「我是為失蹤的雕像來的。」莎夫蘭斯卡女士解釋道，「我想我的直覺沒有錯，這件事

很嚴重。我認為你們的安全受到了威脅。」

「我們知道。」小克對此發表意見，而她則嚴肅的看著小克。

「妳為什麼這麼認為呢？」阿德問。

「我聽說文物保護員不久前有了圖特摩斯二世雕像的線索。不過在雕像消失前，他們沒來得及確認來源，以及流到市場上的細節。他們認為，它被藏在某個收藏家的保險箱裡。為了以防萬一，他們監視了所有可能的拍賣會。但是很可惜，他們沒能找到它，就這樣石沉大海了。直到我把你們給我的照片拿給他們看，他們才說就是這尊雕像！所以，如果我們能找到雕像，就能找到圖特摩斯二世的陵墓！我很肯定！你們得幫我找到雕像」

　　當阿德述說他們在吉薩金字塔的遭遇時，莎夫蘭斯卡女士的眼睛隨著驚訝越張越大。聽完故事後，她同意亞佳女士的看法，認為他們肯定就快找到雕像了。

　　「竊賊肯定是瑪努埃拉女士身邊的人。」阿德打包票，「我認為明天一切都會明朗的。」他若有所思的點點頭。

　　「明天？」莎夫蘭斯卡女士覺得驚訝。

　　「我覺得明天竊賊會去瑪努埃拉女士的宴會。」阿德解釋，「為了瞭解我們調查的進度，以及是否找到關鍵線索，他一定會去的。他可能還會耍些把戲來誤導我們。但我們會提高警覺的！」他一臉自豪的總結。

第二天，偵探們依約來到瑪努埃拉女士的家參加宴會。雕像消失那天在場的友人們也都在賓客之中。阿德很快就認識了每個人，並在一旁靜靜的觀察他們好一陣子。他想著，這之中誰有能力偷雕像並在金字塔內設埋伏。有那麼一瞬間，他甚至懷疑起自己的直覺，因為在場的人看起來都不像罪犯。他和凡凡與小克分享他的看法。

「或許竊賊是個絕佳的演員，很會裝也說不定。」野豬一邊低聲說著，一邊調整頭上的假髮。

亞佳女士也沒有好消息。她和每位賓客聊過天，結果他們每一個人都有彼此的不在場證

明。

「要證明他們之中有人犯罪很難。我有種感覺，保險箱根本不是在宴會期間遭竊的。」亞佳女士總結。

阿德思索了一下。亞佳女士的直覺向來很準，而且對他人的評價也很精確，所以他決定接納她的意見。然而這也意味著，他得去別的地方找嫌疑犯。

他努力思索的同時，瑪努埃拉女士家出現了意料之外的客人。馬克思‧里巴克先生臉上帶著喜悅的笑容踏入花園。

瑪努埃拉女士一看到他就呆住了。她向他指了其他客人之間的座位，然後朝阿德投以絕望的眼神。

「我現在該怎麼跟他說？」她羞愧的尖叫，接著低聲說：「我不知道他已經回到開羅了，他回來的比我想的還要早。他是來拿回雕像的，但我手上沒有。我現在該怎麼辦？」

「妳應該跟他說實話。」松鼠說。

「說實話？噢，那該有多糟糕！」女人的眼裡盈滿了淚水。

「沒有其他辦法了。」亞佳女士堅定的說。

「我原本希望他回來前，你可以找回雕像，這樣一切就沒問題了。現在要是他立刻跟我要回他的雕像，我不知道我能怎麼辦？」瑪努埃拉以顫抖的聲音說。

「也只能這樣了。」阿德喃喃的說，他對

馬克思先生的反應相當好奇。

當大家一同去散步時，瑪努埃拉女士走在後面，並請朋友和她聊一聊。當她告訴他黃金雕像從保險箱裡消失時，男人驚恐的叫道：

「**什麼？！**怎麼會這樣？！怎麼可能！我就是來拿雕像的！」

瑪努埃拉女士安撫他，以免驚擾其他賓客，並向他解釋，她僱用了偵探來尋找遭竊的物品。瑪努埃拉女士也向他介紹阿德以及他的朋友們。他們一直待在旁邊，但距離夠近，能夠聽到所有對話。

「我希望你能找回我的雕像。我沒料到會被偷。我以為我不在的時候，東西放在瑪努埃拉這邊會很安全。」馬克思先生失望的說。

「為什麼你不把這麼珍貴的雕像放在銀行保險櫃呢？」阿德問。

　　「我覺得不必要。」馬克思先生顯然有點困惑的回答，「我不相信這裡的銀行。」他解釋，「我以為東西跟我的朋友、同胞在一起會更安全。看來我錯得離譜。」他深深嘆了一口氣。「妳別太自責。」他轉向瑪努埃拉女士說，「誰能想到妳的東西會被偷，而我的雕像剛好落入竊賊手中。」

　　瑪努埃拉女士的臉漲紅，嘴脣顫抖著，過了一會兒她開口：

　　「問題是，被偷的只有你的雕像……」

　　「妳說真的？」馬克思先生很驚訝，「其他東西都沒被偷？」

　　「沒有。」

　　「這不是很奇怪嗎？」阿德插話。

　　「當然奇怪了。還很可疑……」馬克思先生評論。

　　瑪努埃拉女士捕捉到他懷疑的眼神，異常激動的喊：

　　「你不會覺得是我……」

　　男人認真的看著她。

　　「怎麼會！我親愛的朋友啊，妳到底在想

什麼呀！我相信不是妳偷走的。」

「保險箱裡這麼多值錢的東西，你覺得為什麼竊賊只偷走了你的雕像？」阿德問。

「我不知道。」馬克思先生聳聳肩，「可能他覺得喜歡？那尊雕像真的很美。」

「果然。看來竊賊是受到他人的指使。」松鼠插話。

馬克思先生眉頭一皺。

「有人在找我的雕像？」他問。

阿德點點頭。

「這怎麼可能！根本沒人看過它！」馬克思先生大叫，接著快速陷入沉默，好像刻意咬住自己的舌頭。

「你沒有給別人看過嗎？為什麼會沒人知

道呢？」阿德追問，他不放過任何細節。

馬克思先生沉默了一會，好像在找個好解釋，最後他開口：

「我碰巧還沒機會給任何人看，除了瑪努埃拉。我買下之後不久就離開埃及了。」

「你是跟誰買的呢？」小克加入對話，開始發問。

「一名收藏家。」

「他叫什麼名字？」凡凡問。

「等等……」馬克思先生若有所思的摸摸下巴。「我從網路拍賣會上買的……我不認識賣家。」

「你在黑市買這麼珍貴的東西？」亞佳女士表示驚訝。

「可以這麼說。」他嘟囔道，對這些審問感到不滿。

不過偵探們還是追問到底。

「可以請你把拍賣會的網站給我嗎？」阿德要求。

「我可以在電腦上找找。」

「好。」松鼠點點頭。停頓了一下，他又問：「你知道這尊雕像可能是盜墓賊賣你的嗎？」

「什麼？」他驟然驚呼。

「是的。」阿德熱切的確認，「你可能惹上了大麻煩。你知道嗎？」

「不知道。」馬克思先生搖搖頭，「現在怎麼辦？」他無助的看著松鼠，「雕像不見了

……」他說，一邊用手帕擦著額頭上的汗水。

「沒錯！」

「你的麻煩就這樣解決了……雕像被偷了，而且沒有證據證明東西屬於你。」阿德眯起眼睛。

「你在暗示什麼？」馬克思先生氣憤的說。

「你的麻煩以怪異的方式解決了。」阿德重複。

「馬克思？這是真的嗎？」瑪努埃拉女士不可置信的問。

「你在說什麼！我不知道你們這些偵探在打什麼主意！我偷自己的雕像？胡說什麼！再說，我也不知道東西是從小偷那來的！我自

己也非常震驚！我被騙了！」他憤怒的大喊，「第一，有人從我這騙走了錢，第二，我的東西還被偷走！」

「現在嫌疑落在瑪努埃拉女士身上了！」凡凡說，「情況真不妙。」他喃喃自語。

「噢！」瑪努埃拉女士大叫，「我有嫌疑？警察會把我抓走嗎？」她以顫抖的聲音詢問。

「妳恐怕有麻煩了！」亞佳女士以同情的口吻說道。

第13章
出現新的線索

看來案件已經解決得差不多了，因為許多線索都指出馬克思‧里巴克非法取得雕像，當文物保護員發現雕像的蹤跡時，他便策劃擺脫嫌疑。

不過，阿德突然想到一件事。他翻翻背包，拿出一個小墜飾。是在瑪努埃拉女士床下找到的甲蟲。他到現在都還不知道，這東西跟這起案件有沒有關聯？有的話，又是什麼關聯？但是直覺告訴他，這是解開謎團的關鍵。因此他得進一步調查。

「瑪努埃拉女士，請再次回想妳發現雕像被偷的那天。當時真的沒有什麼奇怪的事嗎？妳自己也知道，警察會把妳列為關鍵嫌疑犯，除非我們找到犯人，並讓他認罪。」阿德說。

「我自己也在想到底會是誰做的。」瑪努埃拉女士啜泣著說。

她的眼裡突然充滿了淚水。

「真的沒有陌生人來過嗎？」阿德追問，他覺得女人可能會想起什麼。

「宴會前三天我都沒有離開家門。沒有陌生人可以進我的房間。不過……等等……」

「嗯？」阿德試著鼓勵她說出口。

「我當時在等新的傢俱送來，所以我沒出門。送貨的時間一直延後，而我又想要收件時在現場。」

「是什麼傢俱？」小克問。

「臥室裡的衣櫃……」瑪努埃拉女士說。

「我們必須立刻回妳家！」阿德命令，而大家都停下了腳步。

十五分鐘後，瑪努埃拉女士已經把他們帶進臥室裡。

「這就是新的衣櫃嗎？」亞佳女士指指上面放著衣服的大型傢俱，他們之前來看藏在畫後面的保險箱時就看過。

「對。」女主人說。

「所以有人把它搬進來？」阿德提問時眼

睛閃閃發光。

「當然了，我一個人搬不動。」

「搬運工人有獨自留在房間嗎？」松鼠繼續追問。

「一秒也沒有。我一直都在。我一直跟著他們，就連他們去搬玫瑰木抽屜櫃時也是。」瑪努埃拉女士描述。

「當時衣櫃就留在這？」阿德再三確認。

「對，畢竟衣櫃就是要放在這的。」松鼠問的問題讓瑪努埃拉女士覺得奇怪。

「妳離開這間房間多久？」凡凡一邊問，一邊想著阿德有了什麼線索。

女人想了一下，接著回答：

「大概十分鐘？」

「十分鐘就夠打開保險箱偷雕像嗎？」小克問道，並向其他偵探交換懷疑的眼神。

「當然夠了。只要這個人知道保險箱藏在哪，而且知道密碼。」瑪努埃拉女士提醒。

「那我們假設這個人已經有這些資訊。」阿德說。

「但他要怎麼進來這裡？」瑪努埃拉女士眨了眨眼。

阿德用眼神指向衣櫃。

「躲在衣櫃裡？」女人目瞪口呆。

「這是個掩人耳目的好方法，對吧？」偵探笑著說。「搬運工把衣櫃搬到臥室後，竊賊就從衣櫃裡出來躲在某處，趁妳忙著弄抽屜櫃的時候，再神不知鬼不覺的溜走。」

「對耶，是有這種可能。」瑪努埃拉女士覺得震驚。

「但還是不知道竊賊是誰。」一直專心聽著對話的馬克思先生注意到了這一點。

「是知道傢俱運送時間的人做的。」阿德回答。

「當時交貨時間一直延後，日期和時間都不是很確定。」瑪努埃拉女士插話。

「或許這也是計畫好的。不能排除搬運工也涉案。」阿德一邊回答，一邊試著拼湊零碎的線索。

「知道妳要買新傢俱的人有誰呢？」小克問。

「我想想喔……」瑪努埃拉女士坐上扶手椅，揉了揉太陽穴。

「我的祕書，阿妮塔‧拉德茨卡。她有時候會來幫我整理信件。買傢俱的事是她處理的……」

「妳之前沒有提過她。」亞佳女士插話。

「不知道為什麼，我根本沒想到。」瑪努埃拉女士自責的說。

「哈！這樣我們就有嫌疑人了！」松鼠帶

著勝利的笑容宣布。

「但她不知道密碼呀！」瑪努埃拉女士無力的抗議。

松鼠揮了揮爪子。

「妳太看重密碼了。祕書有很長的時間可以觀察妳，她可能因此知道保險箱的密碼。妳能找她來嗎？」

瑪努埃拉女士瞥了一眼時鐘。

「她應該再十分鐘就到了。我也有邀請她來宴會，但是她說有重要的事情得處理，會晚一點到。」

「太好了！」阿德高興的說。

第14章
阿德提出證據

　　就如瑪努埃拉女士預期的一樣，遲來的年輕祕書氣喘吁吁的踏入臥室。她的心情很好，顯然沒有起疑心。

「妳好，我是私家偵探松鼠阿德。」他自我介紹，「他們是我的夥伴。」他指指亞佳女士、凡凡和小克。

「哦！發生了什麼事？」阿妮塔小姐問，並向老闆投予疑惑的目光。

「沒什麼。」阿德不讓瑪努埃拉女士有回答的時間，「只是遭小偷而已。」

「**天啊！**」祕書瞪大眼睛，「什麼東西不見了嗎？」

「是的，不過妳應該可以告訴我們是什麼東西？」阿德用嚴厲的眼神盯著她。

「我？」她驚訝的問，「我要說什麼？我都還不知道什麼時候遭竊的，也不知道什麼東西被偷耶？」她困惑的攤開手。

「是這樣嗎？」阿德逼問。

「搞什麼啊？！」祕書哼了一聲，「真是莫名其妙！竟然懷疑我？」

「因為我有確切的證據。」

「什麼證據？哼！」

阿德等這一刻等了好久，他終於可以提出最終的論述。

「這個甲蟲難道不是妳的嗎？」他拿出墜飾問。

祕書有點驚慌，但是立刻否認：

「不是，根本不是……」

「那妳的墜飾去哪了？」阿德問。

女孩反射性的把手放在胸前。

「什麼墜飾？」她迅速把手移開。

「妳平常戴在脖子上的。」阿德回答，並把手伸入包包裡，拿出他在飛機上看的那本雜誌。他一看到阿妮塔‧拉德茨卡就認出她是雜誌裡文章上的女子。「這張照片上有妳的項鍊。」他指了指，「這不就是那隻甲蟲嗎？」

祕書瞥了雜誌一眼。

「埃及到處都有這種甲蟲！」她評論，並帶著驚恐的表情轉過頭去。

「沒錯。」阿德也同意，「但是妳大概不知道妳是怎麼弄丟的吧？妳從衣櫃出來時，項鍊被金屬把手勾住了，鍊子斷開，甲蟲就在這時掉到地上，但妳沒有發現。」

「這算是哪門子的證據！」祕書激憤的喊道。

145

松鼠不滿的發出嘖嘖聲。

「我敢保證，我說的是事實。」他對自己很有信心，「妳把那尊雕像怎麼了？」他問。

「我沒有偷！」女人緊閉嘴巴。

「親愛的，妳最好還是承認吧！」亞佳女士好言相勸。「趁現在妳還有補救的機會。」她說服道。

「噢！」女孩突然放聲大哭。「是他！」她指著馬克思先生，「是他說服我的！」

「說什麼啊？」男人臉色蒼白。

「是他拜託我偷走雕像的！」阿妮塔小姐承認。

「亂說！她在說謊！」馬克思說道。

「妳為什麼要偷雕像呢？」阿德以平靜的

口吻繼續問下去。

　　「又為什麼要引我們去金字塔的陷阱？」
小克氣呼呼的插話。

　　祕書不情願的看了他一眼。

　　「因為……我想要你們停止查案！」

　　「所以妳就是那位『誠摯』的人？」凡凡
再三確認。「真是不安好心！」凡凡評判她的
行為，而那位無名氏只是不屑的聳了聳肩。

第15章
認罪

「妳怎麼能這樣？我這麼信任妳！」瑪努埃拉女士對她祕書的作為相當失望，「妳為什麼要這樣做？」

「說到這個，」阿德插話，「我們已經知道是誰偷的了，但還不知道原因呢！妳為什麼只偷了一件物品？」

「因為我最喜歡那個。」阿妮塔回答。

「妳又在兜圈子了，親愛的。」亞佳女士訓斥，「妳這樣只會讓自己更慘。」她用嚴厲的口吻警告。

「我說的是實話！我很喜歡那尊雕像，很想要擁有它。馬克思先生把雕像交給她的時候，我有看到。」她轉向自己的老闆，「我看到她放進了保險箱，我只需要知道密碼就行了，這又不難。我在保險箱上面的畫框裝了針孔攝影機。」

「真是聰明！」凡凡讚賞的吼了幾聲，「跟我們想的一樣。」

「我說完了！」阿妮塔表示。

「我可不這麼認為。」阿德語帶保留。「妳不可能自己把一塊巨石砸向我們，還在金字塔裡放上一袋蠍子。一定有幫凶。」

祕書把目光從阿德身上移開，一副被冒犯的樣子。

「妳和誰合作？不會是盜墓賊吧？」松鼠問。

女人驚訝的張開嘴。

「你怎麼會知道？」

「推理法。」阿德讚嘆的說，「莎夫蘭斯卡教授指引了我們正確的方向。」

「妳盜墓？」瑪努埃拉女士根本無法相信。

「不是的！我只是……」祕書在想該如何脫身，「在賣珍貴的物品。」

「賣盜墓贓物？這是非法的！」瑪努埃拉女士憤怒的說。

「但是這很好賺！」阿妮塔回嘴。

「等一等，我還是不懂，妳為什麼要從我的保險箱偷走雕像？」

「因為我先在網路上賣給馬克思先生！」她緊盯著男人看。

「你知道雕像是贓物嗎？」瑪努埃拉女士轉向她的朋友，無法置信的問。

馬克思的臉漲紅。

「我多少知道，但我不是很確定……文物保護員來找我的時候，我才知道闖禍了。我很擔心會被逮補，所以沒有承認我看過那雕像，然後……」

　　瑪努埃拉女士猜到了後來的事情。

　　「所以你決定脫身，但不是完全脫手。」

　　「我捨不得那雕像！請原諒我，我真的很抱歉。」馬克思先生懺悔。

　　「你應該把雕像交給博物館，而不是替我帶來許多不愉快！」瑪努埃拉女士用顫抖的聲音說。

　　「我知道，我知道……但我當時真的不知道該怎麼辦。我希望保護員不要再來找我，追丟了雕像就會放過我。而且我沒有跟任何人說東西在妳這裡。」

　　「但是阿妮塔看到你交給我了。」瑪努埃拉女士指著祕書，「你和她是同夥的？」

　　「**才不是！**」馬克思先生信誓旦旦

的說，「我想都沒想過就是她賣給我的！」

「那破解這個謎團只差最後一個關鍵了。」阿德以嚴肅的口吻說，「現在請說實話，妳為什麼要偷雕像？」

祕書掙扎了許久，最後走投無路才決定承認：「我不想要保護員找到雕像出土的陵墓的線索。那裡還沒被人發現！那可是個寶庫。」

「是圖特摩斯二世的陵寢嗎？」阿德想確認。

「我不知道，可能吧！我又不是考古學家。」阿妮塔‧拉德茨卡聳肩回應。

「哈！」松鼠滿意的嘆了口氣，「那麼，各位，黃金雕像的失蹤之謎解開了！」他自豪的對所有聽眾宣布。

「我真的很感激你們！」瑪努埃拉女士看著偵探們說，「剩下的就交給警察吧！這件事很嚴重，可不能就這樣算了。」她說完便拿起手機。

阿德和他的朋友們待在瑪努埃拉女士家，一直到警察上門。解釋完一切後，他帶著成功的驕傲回到飯店。

同時，莎夫蘭斯卡女士無法釋懷盜墓賊發

現了她尋找多年的陵墓，而且還已洗劫一空。不過，幸好他們只進到小前廳，其他的寶藏還沒被發現。

波蘭及埃及考古學家很快就接手了陵墓，而文物保護員則試著找回其他被偷竊的珍貴物品。

警察在阿妮塔・拉德茨卡家找到的圖特摩斯二世黃金雕像被送到博物館，古物的照片則傳遍全世界。偵探們都知道，自己在這起案件裡扮演了重要的角色。

在埃及之旅的尾聲，瑪努埃拉女士邀請偵探們搭船遊尼羅河。離開的那天，她前往機場送別。

「真不知道沒有你們我該怎麼辦？我一定會到處跟別人推薦你們的。」她感動的抱著亞佳女士說，「希望你們再來找我玩！」

「噢！那當然了！」阿德承諾，「埃及還有好多古蹟可以看呢！」

「以及待解的謎團。」亞佳女士神祕的笑了笑。

接下來幾天，松鼠召集附近的動物到公園街六號的事務所，跟大家分享他和朋友的埃及歷險記。

偵探們在空閒時寫案件報告，阿德又可以在架子放上結案資料夾了。

完成所有事情後，他終於可以喘口氣，高

興的回到自己在樹上的小窩。

「金窩、銀窩，都不如自己的小窩！」他喃喃的說，裹著毛茸茸的尾巴進入夢鄉。

這時，松鼠阿德的名聲已經傳遍世界，再過不久，新的冒險就出現了。

不過這個嘛……我們下次再說吧……

_____

_____

_____

_____

_____

_____

_____

_____

_____

_____

_____

_____

國家圖書館出版品預行編目(CIP)資料

松鼠偵探2 法老像保衛戰/阿格涅希卡.斯德爾瑪什克
(Agnieszka Stelmaszyk)著；鄭凱庭譯. -- 初版. -- 臺北市：
幼獅文化事業股份有限公司, 2024.05面；公分. --
(故事館；96) 譯自：Alfred Wiewior i posazek faraona

ISBN 978-986-449-327-2(平裝)

882.1596   113005992

故事館096

松鼠偵探2 法老像保衛戰

作　　　者＝阿格涅希卡·斯德爾瑪什克
繪　　　者＝胡伯特·格拉伊查克
譯　　　者＝鄭凱庭
出 版 者＝幼獅文化事業股份有限公司
發 行 人＝葛永光
總 經 理＝洪明輝
總 編 輯＝楊惠晴
主　　　編＝沈怡汝
編　　　輯＝陳宥融
美術編輯＝李祥銘
總 公 司＝10045臺北市重慶南路1段66-1號3樓
電　　　話＝(02)2311-2832
傳　　　真＝(02)2311-5368
郵政劃撥＝00033368

印　　　刷＝龍祥印刷股份有限公司
定　　　價＝320元
港　　　幣＝106元
初　　　版＝2024.05
書　　　號＝984289

幼獅樂讀網
http://www.youth.com.tw
幼獅購物網
http://shopping.youth.com.tw
e-mail:customer@youth.com.tw